MARC BROWN

ARTURO Y EL DÍA DE ACCIÓN DE GRACIAS

Traducido por Esther Sarfatti

LECTORUM
PUBLICATIONS, INC.
555 BROADWAY, NEW YORK, NY 10012-3919

Para Melanie Kroupa,
la cual, que yo sepa,
nunca ha sido un pavo.

ARTURO Y EL DÍA DE ACCIÓN DE GRACIAS

1-880507-79-X

Printed in Mexico

10 9 8 7 6 5 4 3 2 1

Library of Congress Cataloging-in-Publication Data
Brown, Marc Tolon
[Arthur's Thanksgiving. Spanish]
Arturo y el día de acción de gracias / Marc Brown ; traducido por Esther Sarfatti.
p. cm.
Summary: Arthur finds his role as director of the Thanksgiving play a difficult one, especially since no one will agree to play the turkey.

ISBN 1-880507-79-X (pbk.)

[1. Thanksgiving Day-Fiction. 2. Plays-Fiction.
3. Schools-Fiction 4. Animals-Fiction
5. Spanish language materials.] I. Sarfatti, Esther. II. Title.

[PZ73.B6848 2000]
[E]--dc21 99-462299

En la clase de Arturo había tal silencio que se podía oír el vuelo de una mosca.
El señor Rataquemada estaba a punto de anunciar quién iba a ser el director de la obra de teatro, *A la caza del pavo*, que harían para celebrar el Día de Acción de Gracias.
Arturo masticaba su lápiz.
–Espero que me elija –susurró Francisca.
Todos esperaban ansiosos.

–He decidido que Arturo sea el director de la obra –apuntó el señor Rataquemada. Y le entregó el guión.

–¿Yo? ¿Director? –dijo Arturo, asombrado.
–Vaya –murmuró Francisca–. Esto va a ser un desastre.

Como director de la obra, lo primero que Arturo tenía que hacer era asignar a cada cual su papel. El narrador tenía el papel más largo, pero el pavo, como símbolo del Día de Acción de Gracias, tenía el papel más importante.
En el fondo, Arturo estaba contento de no tener que hacer de pavo.
Pero, ¿quién representaría ese papel?

A la hora del almuerzo, Francisca le obsequió a Arturo dos pastelitos de chocolate. Esperaba que le diera el papel de narradora.
Buster le permitió jugar con su astronauta *Capitán Zoom*. Quería el papel de Gobernador William Bradford.
A Arturo le empezaba a gustar ser director.

Arturo pensó que Francisca haría muy bien el papel de pavo.
–¡Jamás! –dijo Francisca–. Yo quiero ser la narradora. Además, yo soy la que tiene la voz más potente de todos.
De eso no cabía la menor duda. Francisca sería la narradora.

Arturo le enseñó a Fefa un dibujo del disfraz de pavo.
–Muchas plumas –dijo Arturo–. Es un papel fascinante.
–¡Bah! ¡Es verdaderamente repugnante! –chilló Fefa–. Yo debo ser la princesa india. Tengo trenzas de verdad.

–Cerebro, para ti he reservado el papel más importante –le explicó Arturo.
–De ninguna manera voy a hacer de pavo –respondió Cerebro–. Yo seré el jefe indio.

–Berto, tú eres mi mejor amigo –empezó a decir Arturo–. El papel es muy fácil; sólo tienes que aprenderte una frase y es el mejor papel de toda la obra.

–Yo quiero ser el Gobernador Bradford –dijo Berto.

Arturo estaba tan desesperado que se lo pidió a Betico Vega.

–El pavo es un animal fuerte y poderoso –argumentó Arturo.

–Sí, sin decir una sola palabra puedes quedar como un idiota delante de toda la escuela –dijo Betico.

Sólo faltaban seis días para la función. ¿Dónde encontraría Arturo un pavo?

Arturo sabía que podía contar con su familia.
–Me encantaría ser el pavo –dijo su papá–.
Pero tengo una cita con el dentista
a la que no puedo faltar.

–El mundo está lleno de pavos –bromeó su mamá–.
Seguro que encontrarás *alguno*.

–¡Yo no me pondría ese traje ni loca! –le dijo D.W.

DIRECTOR
REUNIÓN 22 de noviembre a las 2:30
PARTIDO DE BÉISBOL
Para participar llama a Betsy
NOVIEMBRE
D L M MI J V S
1 2 3 4 5 6
7 8 9 10 11 12 13
14 15 16 17 18 19 20
21 22 23 24 25 26 27
28 29 30

–Hablemos de pavos –dijo Arturo por los altavoces de la escuela–. El mejor papel de la obra del Día de Acción de Gracias todavía está disponible. Si alguien está interesado, por favor, que venga enseguida al despacho del director.
Nadie fue.

Al escuchar esto, el director de la escuela salió de su oficina riéndose.
Arturo colocó carteles en la cafetería.
Puso anuncios en el periódico de la escuela.
Nada funcionó.

**Y ése no era el único problema que Arturo tenía.
A Fefa todo le parecía mal.
–Yo debo ser la narradora; mis papás van a pagar la fiesta para los actores –se quejó.
Francisca no quería quitarse las gafas de sol.**

–Traen buena suerte –dijo, pero en realidad no veía muy bien lo que hacía.
A Berto se le olvidaban las líneas.
–En 1620 –recitó– zarpamos hacia América en el *cauliflower*.

Los ensayos iban de mal en peor.
–Cuando los peregrinos y los indios decidieron celebrar su amistad –dijo Francisca–, salieron a buscar un pavo.
–Hicimos frijoles y pastel de calabaza –susurró Susana–. Y los peregrinos salieron a cazar un pavo.
–Horneamos pan de maíz y recogimos arándanos –dijo Fefa–. Ah, y los indios también salieron a cazar pavos.

Entonces, llegó el momento en que Francisca tenía que presentar al pavo.

–Cuando los indios y los peregrinos por fin encontraron un pavo –empezó–, hubo un gran regocijo. Hoy en día, cuando pensamos en el Día de Acción de Gracias, pensamos en el pavo.

Francisca fijó la mirada en Arturo.

–No te preocupes –dijo Arturo–. Te dije que encontraría un pavo a tiempo.

Desesperado, Arturo decidió alquilar un pavo.
Pero no resultó ser muy buena idea.

–Si no consigues un pavo para la función de mañana –dijo Francisca–, yo renuncio.
Esta vez, todos estuvieron de acuerdo.
Sin pavo, no habría función.

Arturo se fue a casa para pensar mejor.
Mientras hacía su tarea de matemáticas,
no dejaba de pensar en pavos.

Mientras tocaba el piano, no dejaba de pensar en pavos.

Y mientras él y D.W. fregaban los platos,
también pensaba en pavos.
–Mira –dijo D.W.–, si quieres que algo salga bien,
tienes que hacerlo tú mismo.

A la mañana siguiente, Francisca, Fefa y Berto esperaban a Arturo.
Querían asegurarse de que todo estaba arreglado.
–¿Ya tenemos pavo? –le preguntaron.
Arturo se limitó a sonreír.

La sala empezó a llenarse.
–¡OOOooohhh! –dijeron los niños cuando se apagaron las luces.
–¡Shhh...! –dijeron los maestros cuando se levantó el telón.

–En 1620, zarpamos hacia América en el *Mayflower*
–declamó Berto con orgullo.
–¡Menos mal! –dijo Arturo.
La obra continuó sin problemas.
A Fefa no se le cayeron los arándanos.

Cerebro se había puesto bien el traje.
Susana habló en voz alta y con claridad.
Y Francisca se había quitado las gafas de sol.
Entonces llegó el momento del gran discurso
de Francisca.

Cruzó los dedos y empezó.
–Cuando los indios y los peregrinos por fin encontraron un pavo, hubo un gran regocijo. Hoy en día, cuando pensamos en el Día de Acción de Gracias, pensamos en el pavo.

Había mucho movimiento detrás del telón.
Arturo respiró profundamente.

SALIDA

Arturo salió al escenario.
En cuanto lo hizo, el público empezó a reírse.
Arturo se puso muy rojo.
Iba a ser peor de lo que había imaginado.
–El pavo –empezó Arturo– es un símbolo,
un símbolo de. . . de. . .
–¡De amistad y de gratitud!
–exclamó un coro de voces detrás de él.

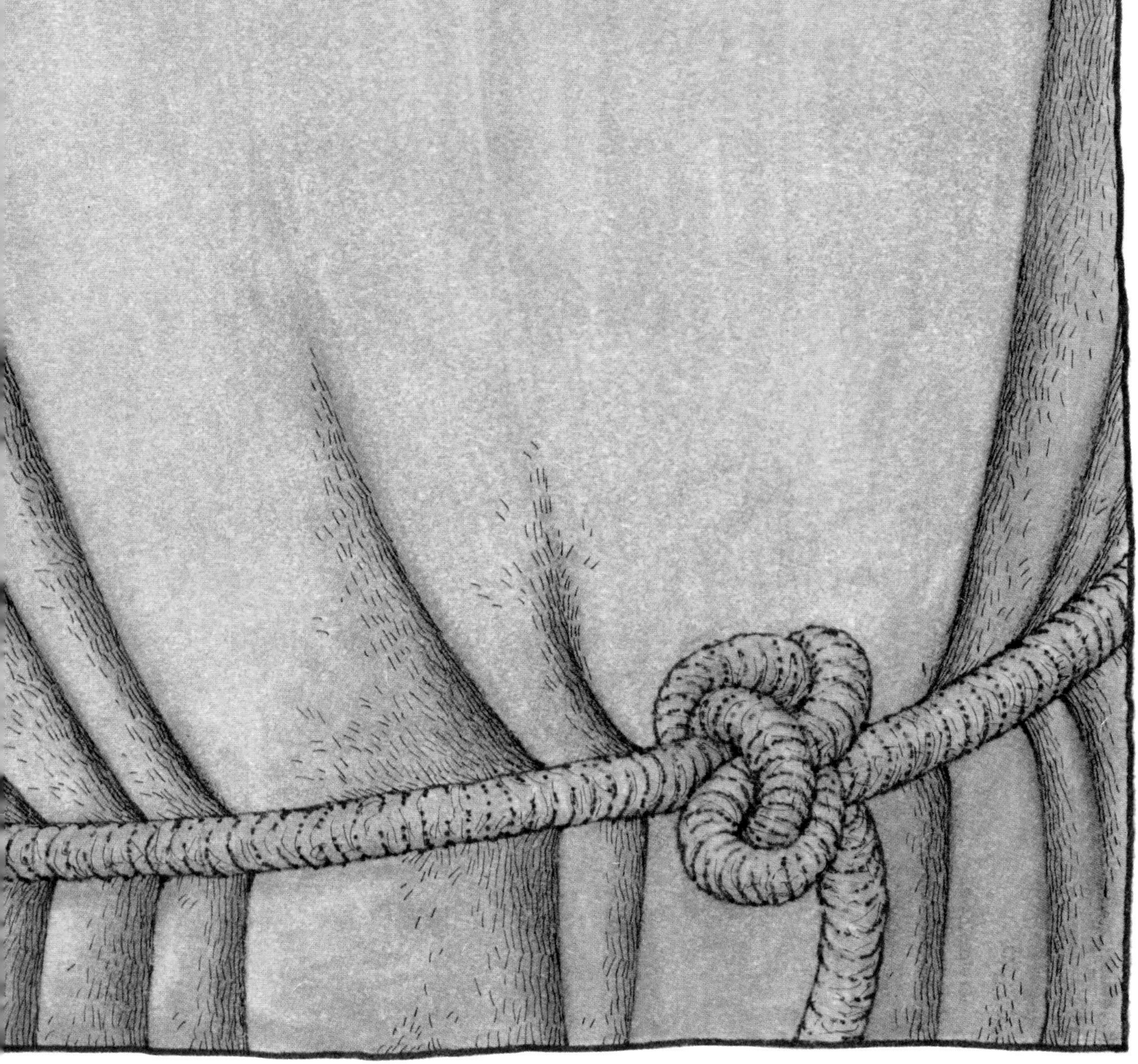

Arturo se dio la vuelta y sonrió.

–Parece que mamá tenía razón. El mundo está lleno de pavos. ¡Vamos, pavos, todos a la vez! La última frase, en voz alta y con claridad.

–¡Feliz Día de Acción de Gracias!